# Mommy Breastfeeds My Baby Brother
# Mamá Amamanta A Mi Hermanito

By/Por MARK REPKIN
Illustrated by/Ilustración DAVID MONEYSMITH

www.mommybreastfeeds.com

Dedicatoria del autor:

Este libro se lo dedico a mi maravillosa esposa por su inspiración y su capacidad de crianza.

Dedicatoria del ilustrador:

Este libro va dedicado a las madres que se esmeran por dar lo mejor de ellas.

Y un especial agradecimiento a nuestra editora, Judy Torgus, defensora pasional de la lactancia, quien fue además Editora Ejecutiva de la Liga de La Leche Internacional por 30 años.
Traducido por Maria del Mar Mazza.

Ninguna parte de esta publicación debe reproducirse, ni guardarse en un sistema de recuperación de datos, ni transformarse a ningún formato, ya sea electrónico, mecánico, copiado fotográfico, grabado o similar, sin un permiso escrito de la editorial. Para información acerca de los permisos, escribir a Historia House, Atención Permissions Department, P.O. Box 6342, Vernon Hills, IL 60061

Todos los derechos reservados. Publicado por Historia House, LLC.
P.O. Box 6342, Vernon Hills, IL 60061.

www.istoriahouse.com
Texto e ilustración Copyright 2011 por Istoria House, LLC.

***Catalogación en la publicación, Biblioteca del Congreso:***

**Repkin, Mark.**

**Mamá amamanta a mi hermanito/escrito por Mark Repkin/Ilustrado por David Moneysmith**

**p.cm.**

**Resumen: Jenna aprende acerca de la importancia de la lactancia, mientras su hermano menor es amamantado. Jenna desea tener un momento de exclusividad con su mamá y con su papá y disfrutar de sus juguetes especiales al momento de amamantar (Feeding Time ToysTM).**

**[1.Ficción juvenil/familia/llegada de un bebé. 2.Ficción juvenil/familia/hermanos. 3. Salud y buen estado físico/lactancia.] I. Mamá amamanta a mi hermanito**

**ISBN: 978-0-9816538-1-5**

**LCCN: 2011931333**

**Printed in the U.S.A.**

Author Dedication:
To my wonderful wife for her inspiration and her amazing parenting skills.

Illustrator Dedication:
To mothers who care enough to give their very best.

Special thanks to our editor, Judy Torgus, a passionate proponent of breastfeeding and 30 year Executive Editor for La Leche League International.
Translation by Maria del Mar Mazza.

No part of this publication may be reproduced, stored in a retrieval system, or transmitted in any form or by any means, electronic, mechanical, photo copying, recording or otherwise, without written permission of the publisher. For information regarding permission, write to Istoria House, Attention Permissions Department, P.O. Box 6342, Vernon Hills, IL 60061

All rights reserved. Published by Istoria House, LLC.
P.O. Box 6342, Vernon Hills, IL 60061.
www.istoriahouse.com
Text and Illustrations Copyright© 2011 by Istoria House, LLC

***Library of Congress Cataloging-in-Publication Data:***

**Repkin, Mark.**
**Mommy Breastfeeds My Baby Brother/written by Mark Repkin/illustrated by David Moneysmith**
**p.cm.**
**Summary: While Jenna's new baby brother is being breastfed, she learns about the importance of nursing and looks forward to her own time with Mom and Dad and her special Feeding Time Toys™.**

**[1. Juvenile fiction/family/new baby. 2. Juvenile fiction/family/sibling.**
**3. Health and Fitness/breastfeeding.] I. Title**

**ISBN: 978-0-9816538-1-5**
**LCCN: 2011931333**

**Printed in the U.S.A.**

Estimado padre,

Cuando mi esposa Stacy comenzó a amamantar a nuestro hijo recién nacido, nuestra hija, solo mas dos años, estaba confundida acerca de esta nueva experiencia. En ese momento, deseábamos tener un libro para niños acerca de la lactancia, pero no pudimos encontrar ninguno. Las siguientes lecciones que forman parte de este libro provienen de nuestra experiencia esperamos que les sean utilidad:

- Los niños son curiosos por naturaleza y preguntarán que está haciendo su mamá cuando esté amamantando. Esta situación es nueva para su hijo quien quizás nunca haya visto a otros bebés tomar el pecho, y sobre todo no recuerda ser alimentado de esta forma;

- El hecho de que su hijo juegue en silencio mientras usted amamanta tiene sus ventajas. Las distracciones que puede ocasionar un niño bullicioso no solo pueden interrumpir este momento, sino que podrían afectar el patrón de alimentación del bebé;

- Es de gran importancia demostrar al niño que aunque el bebé requiere mucha atención de nuestra parte, existen aún varias formas por las cuales ellos tendrán momentos especiales con mamá y papá;

- Uno de los mejores consejos que este libro ofrece es lo que nosotros llamamos juguetes especiales al momento de amamantar (Feeding Time Toys™, en inglés.) Hemos descubierto que si ofrecemos una caja especial con juguetes nuevos y en uso solo al momento de amamantar al bebé, nuestra hija considera que éstos son muy entretenidos. Esta práctica funciona de maravillas, de la misma forma que lo hace en la historia.

Usted puede adaptar la historia fácilmente a su situación particular, o utilizar los dibujos para contarla con sus propias palabras. Al leer este cuento, usted se sorprenderá al ver cuanto aprende su hijo acerca de la maravillosa elección de amamantar.

Felicidades por su nuevo bebé,

Mark Repkin

Dear Parent,

When my wife, Stacy, began breastfeeding our newborn son, our daughter, just two years old, was confused about the new experience. We wished we had a relevant children's book to teach her about breastfeeding, but we couldn't find one on the topic. The following lessons in this book are from our experiences and we hope that you will benefit from the story:

- Children are naturally curious and will question what Mommy is doing while breastfeeding. This is a new situation for your child who may not have seen other babies being breastfed, and most likely does not remember being fed this way;

- It is helpful for children to play quietly during nursing time. Nursing is a very important bonding time for you and your baby. Distractions from a noisy child not only interrupt that time, but may affect the baby's feeding pattern;

- It is really important to reassure the child that even though the baby requires a lot of attention, there are still many ways they will have special time with both Mom and Dad;

- One of the best tips of the book is what we call Feeding Time Toys™. We discovered that putting some current and new toys in a box, and only allowing our daughter to use them during feeding time, made them exciting. It worked miracles, just as it does in the story.

You can easily adapt the story to your situation
or use the pictures to tell the story in your own words.
By sharing this story, you'll be amazed how much your
child will learn about your wonderful choice to breastfeed.

Congratulations on your new baby,

Mark Repkin

“Jenna the day we have been so excited about is finally here. You are a big sister now! Let’s go meet the baby.”

“Jenna, finalmente ha llegado el día que tanto hemos esperado. ¡Ahora eres una hermana mayor! Vamos a conocer al bebé.”

Mommy is holding the baby all wrapped up in a blue blanket. She smiles and says, “This is your new baby brother, Spencer.”

Mamá está cargando al bebé envuelto en una cobijita azul. Ella sonríe y dice, “éste es tu hermanito, Spencer.”

Jenna walks closer to the baby to get a better look at him, but he starts to cry. “Spencer is hungry,” Mommy explains.

Jenna se acerca al bebé para mirarlo mejor, pero él empieza a llorar. “Spencer tiene hambre,” le explica su mamá.

Mommy opens her shirt and puts the baby's face close to her breast. Jenna asks, "Daddy, what is Mommy doing?" "Mommy is feeding the baby," he answers. "With her breast?" she asks. "Yes, honey. It's called breastfeeding," he explains.

La mamá abre su camisa y coloca la cara del bebé junto al pecho. "Papi, ¿qué está haciendo mami?" "Mami está alimentando al bebé," responde su papá. "¿Con su pecho?" pregunta Jenna. "Si, cariño. Eso se llama amamantar."

Daddy kneels down close to Jenna and says, “Do you remember when the baby was growing in Mommy’s belly?” “Yes,” Jenna says. “Well when he was inside, he got special food from Mommy, and now he needs to drink special milk that Mommy makes for him.”

El papá se arrodilla junto a Jenna y le dice, “Te acuerdas cuando el bebé estaba creciendo dentro de la panza de mamá?” “Si,” responde Jenna. “Bueno cuando él estaba dentro de su panza, recibía una comida especial de mamá, y ahora necesita tomar la leche especial que mamá produce.”

"Can't he drink from a sippy cup?" asks Jenna. "No, not yet," answers Daddy. "First the baby needs to stay close to Mommy and she will feed him from her breast."

"¿Puede tomar de un vasito?" pregunta Jenna. "No, todavía no," responde el papá. "Primero el bebé debe estar cerca de mamá para que ella lo alimente de su pecho."

Jenna comes up real close to watch Mommy feed the baby, and she asks, “Does it hurt you Mommy?” “No,” Mommy replies. “Feeding the baby special milk is good for him and good for Mommy, too. When you were a baby, I fed you just like this. Breastfeeding is one of the reasons you are strong and healthy.”

Jenna se pone bien cerca de su mamá para observar como alimenta al bebé, y le pregunta, “Mami, ¿te duele?” “No,” le responde su mamá. “Alimentar al bebé con esta leche especial es bueno para él y también para mami. Cuando tú eras un bebé, yo te alimenté de la misma manera. Por esa razón, entre otras, tú estas sana y fuerte.”

Jenna pulls up her shirt and says, “Can I feed the baby?” “No honey,” says Daddy. “Mommy is the only one who can feed the baby from her breast.”

Jenna levanta su camisa y dice “¿Puedo yo alimentar al bebé?” “No, cariño,” dice su papá. “Mami es la única que puede alimentar al bebé con su pecho.”

The next day, when Mommy is ready to breastfeed the baby, Jenna is marching around singing into her microphone.

Al día siguiente, cuando la mamá está lista para alimentar al bebé, Jenna marcha a su alrededor cantando con su micrófono.

"If you make too much noise the baby will get distracted and it might take longer for me to feed him," Mommy explains. Jenna turns down her music and says, "Do you have to feed the baby right now?"

"Si haces mucho ruido, el bebé se va a distraer y me tomará más tiempo alimentarlo," explica su mamá. Jenna apaga la música y dice, "¿Lo tienes que amamantar justo ahora?"

“Yes, the baby needs to eat a lot but I have a surprise for you.”
Mommy says. “There is something special in the closet.”
“What is it?” Jenna asks. “Why don’t you look for yourself?”

“Si, el bebé necesita comer bastante pero tengo una sorpresa para ti,”
dice su mamá. “En el armario encontrarás algo especial.”
“¿Qué es?” pregunta Jenna. “¿Por qué no lo ves tú misma?”

Jenna opens the door and sees a big box of toys. “Are these for me?”
“Yes.” Mommy replies. “These are called your Feeding Time Toys.
They are extra special, and you can play with them while Mommy
is feeding the baby. You can sit right beside my chair, and we can
play together or I can read you a story. How does that sound?”
“I like it,” Jenna says. “I like it when you feed the baby.”

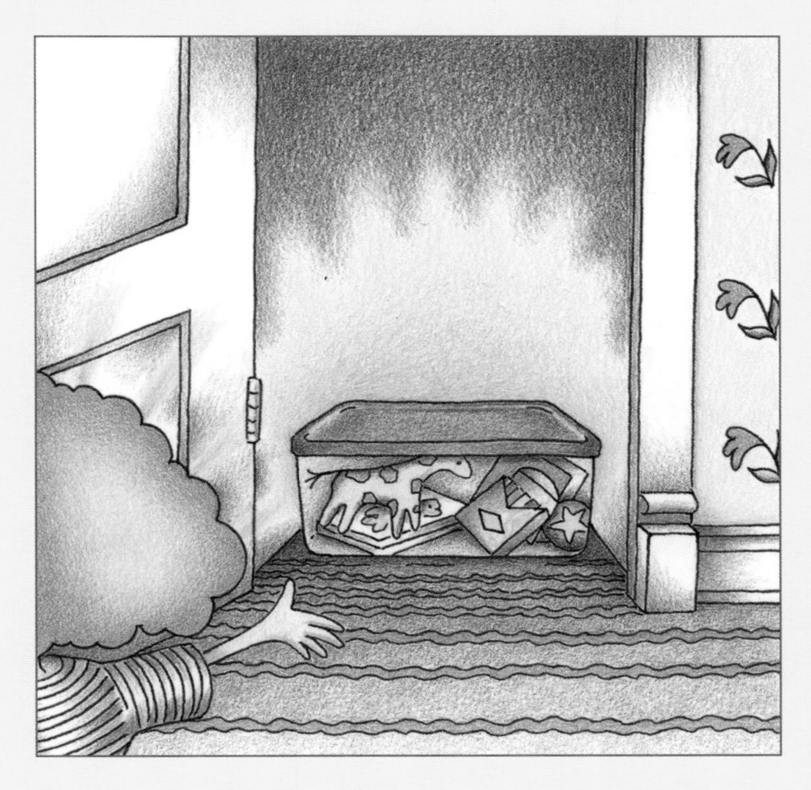

Cuando Jenna abre la puerta, encuentra una caja grande con juguetes.
“¿Son para mí?” pregunta. “Si,” contesta su mamá. “Estos son juguetes
especiales al momento de amamantar. Estos juguetes son muy
especiales y son solamente para ti. Pero, solo puedes jugar con ellos
cuando mamá alimenta al bebé. Siéntate a mi lado, y podemos jugar
juntas o puedo leerte una historia. ¿Qué te parece?” “Bien,”
dice Jenna. “Me gusta cuando alimentas al bebé.”

“Mommy, I am thirsty. Can you get my sippy cup?” Jenna asks. “Not right now, honey. There are certain things that are harder to do while breastfeeding. You will have to get up and get it yourself.” “Okay,” says Jenna.

“Mami, tengo sed. ¿Puedes ir a la cocina a buscar mi vasito?” pregunta Jenna. “No, no puedo en este momento, cariño. Hay ciertas cosas que son difíciles de hacer mientras amamantas. Tendrás que levantarte e ir tú misma.” “Está bien,” dice Jenna.

“After Mommy burps the baby, you will need to put away your special Feeding Time Toys until the next time.” “I am having fun.” “You can get them out when Spencer is ready to eat again. Let’s play together in your room during his nap,” says Mommy.

“Cuando mami haga eructar al bebé, tendrás que guardar tus juguetes especiales al momento de amamantar hasta la próxima vez.” “Pero me estoy divirtiendo.” “Volverás a jugar con ellos cuando Spencer tenga hambre otra vez. Vamos a jugar juntas en tu cuarto mientras el bebé duerme la siesta,” dice la mamá.

“I like having special time with you while Spencer naps,” Mommy says. “I like it too,” says Jenna.

“Me gusta tener este momento especial contigo mientras Spencer duerme su siesta,” dice la mamá. “A mi también me gusta,” agrega Jenna.

Later, Spencer starts to cry. “The baby is waking up and I need to feed him now,” Mommy says. “I want to keep playing with you,” Jenna says.

Más tarde, Spencer comienza a llorar. “El bebé ha despertado y necesito amamantarlo ahora,” dice su mamá. “Quiero seguir jugando contigo,” dice Jenna.

Mommy says, “I have to feed Spencer now, but remember we need to play differently while I am feeding him. We can get out your Feeding Time Toys or I can even read you a book.” “Hooray!” Jenna yells

“Ahora tengo que amamantar a Spencer,” dice su mamá, “pero recuerda que tenemos que jugar en forma diferente mientras estoy amamantando Podemos sacar tus juguetes especiales al momento de amamantar o puedo incluso leerte un libro.” “¡Hurra!” grita Jenna.

"When Mommy's done feeding the baby I help by burping and rocking him," Daddy says. "Would you like to be a super helper and bring me Spencer's blanket, and we can rock him together?" "Yes," says Jenna. "I love my new baby brother. I like when Mommy feeds him. I am a super good helper." "Yes you are!" Dad says with a smile and a hug.

"Cuando mamá termine de amamantar al bebé, yo ayudaré meciéndolo y haciéndolo eructar," dijo su papá. "¿Te gustaría ser una gran ayudante alcanzándome la cobijita de Spencer, así lo mecemos juntos?" "Si," dijo Jenna. "Yo quiero mucho a mi nuevo hermanito. Me gusta cuando mamá lo amamanta. ¡Me gusta ayudar!" "¡Claro que si!" le dice su papá con una sonrisa y un abrazo.